LES
PAYSANS
SOUS LA ROYAUTÉ

PAR

P. JOIGNEAUX

Représentant du Peuple, membre du Conseil général du département de la Côte-d'Or.

Dessins par Ch. Marville.

~~~~~

Prix : 50 cent. — Par la poste : 60 cent.

~~~~~

PARIS

MICHEL ET JOUBERT, ÉDITEURS

Rue Saint-André-des-Arts, 27.

1850

LES

PAYSANS SOUS LA ROYAUTÉ.

LES

PAYSANS

SOUS LA ROYAUTÉ

PAR

P. JOIGNEAUX

Représentant du Peuple, membre du Conseil général du département
de la Côte-d'Or.

Dessins par Ch. Marville.

PARIS

MICHEL ET JOUBERT, ÉDITEURS

Rue Saint-André-des-Arts, 27.

1850

LES PAYSANS SOUS LA ROYAUTÉ.

I

UN APRÈS-MIDI DANS LA FORÊT.

C'est M. Mathieu qui revient, l'éternel M. Mathieu, que vous connaissez tous, vous autres de la campagne. Il ne se fait pas jeune, bien au contraire ; il y a dix-huit mois, il n'avait guère de cheveux gris ; aujourd'hui, il est tout blanc. C'est que, voyez-vous, le bonhomme a eu du chagrin dans ces derniers temps ; il a eu plus d'une fois la mort dans l'âme à force d'entendre les mauvais propos que l'on débite contre la République. Mais c'est égal, il commence à se mieux porter ; il n'a plus la figure triste ; il a retrouvé ses jambes. L'autre jour, pendant les grandes neiges, il a mis ses guêtres noires, sa blouse et ses grosses mitaines vertes. Il devait y avoir dans la forêt une grande chasse au loup et au sanglier, deux vilaines bêtes qui ne font pas de bien où elles passent. M. Mathieu a voulu être de cette chasse-là, de façon qu'il est sorti du village de grand matin avec tous ceux qui ont un fusil à la cheminée, et qui savent ce que vaut à la sous-préfecture un loup qui a ses deux oreilles, sans compter les œufs, le lard et les sous que donnent les gens du pays quand, en revenant de chez l'autorité, on promène le corps de la bête de porte en porte.

La battue ne dura guère, ce qui n'empêcha pas de tuer deux marcassins et trois loups. Ce fut M. Mathieu qui tua le dernier. Il en fit cadeau à ses voisins, se réservant la peau toutefois, pour en faire une descente de lit, attendu que sa maison est pavée en dalles de pierre et qu'en devenant vieux on risque d'attraper de mauvais rhumes en mettant les pieds là-dessus.

Ce jour-là, il ne faisait pas chaud, la bise sifflait, la neige tenait et M. Mathieu ne suait pas. Il n'en avait pas moins soif et bon appétit. De la coupe où il se trouvait à sa petite ferme il y avait, sans mentir, une lieue de pays et une bonne. Une heure de marche lui parut longue ; d'ailleurs, les jambes lui rentraient déjà dans le corps. Il se prit donc à réfléchir et ne trouva rien de mieux à faire que de rester dans la coupe et de demander à déjeuner au garde-vente, en payant, bien entendu.

A une demi-portée de fusil, tout au plus, à l'un des angles formés par le fossé de la charrière et la lisière du grand bois, on apercevait très-distinctement deux baraques, séparées l'une de l'autre par un petit four en terre jaune. La première était celle du garde-vente, la seconde celle du charbonnier. De longues perches et un peu de torchis, voilà pour les quatre murs ; des planches ou du chaume, voilà pour le toit ; une table, un bois de lit, un coucou, un rayonnage pour les verres et la vaisselle de terre cuite, un fusil double, des serpes et quelques autres instruments de travail, voilà pour l'ameublement.

M. Mathieu désarma son fusil, frappa à la porte de la première baraque et souleva le loquet sans plus de façon.

« Bonjour, amis ! bonjour, tout le monde !

— Bonjour, monsieur Mathieu, » répondirent plusieurs voix.

C'était le garde-vente, le garde forestier, trois bûcherons et un sabotier qui causaient là de choses et d'autres en buvant quelques pots de petit vin rouge.

Le garde forestier, qui n'est pas un mauvais homme, mais qui a de la famille, pensa qu'il y avait du danger à rester dans la société de M. Mathieu, que ça pouvait le compromettre aux yeux de son administration. Il n'en fit donc ni une ni deux, s'excusa comme il put et sortit.

M. Mathieu n'eut pas l'air de s'en apercevoir. Il prit la place du garde, mangea de bon appétit et but comme quatre.

« Eh bien, monsieur Mathieu, demanda le garde-vente, qu'est-ce que disent les dernières feuilles ? Vous en avez dans vos poches, c'est sûr. Voyons, sans vous commander, vous qui lisez si bien, lisez-nous ça.

— Oui, et si les gendarmes venaient à entrer pendant ce temps-là, nous serions dans de beaux draps ! Trois citoyens qui écoutent et un autre qui lit les nouvelles, ils appellent cela un club.

— Ainsi, monsieur Mathieu, charbonnier n'est plus maître chez lui ?

— C'est ce qu'on dit.

— Attendez, attendez, fit le sabotier; il y a un moyen d'arranger l'affaire, c'est de mettre mon chien de faction à la porte... il n'est pas beau, celui-là, mais il est bon... Il a été élevé comme nous autres dans les bois... il est un peu de l'humeur des loups; avec lui, il n'y a pas de gendarme qui tienne; ne passe point qui veut. »

Ainsi rassuré contre une surprise, possible après tout, M. Mathieu s'approcha d'un bon feu qui flambait jusqu'au croc de la crémaillère, et lut son journal presque d'un bout à l'autre.

Il avait à peine fini, que le chien du sabotier se prit à faire un bruit d'enfer.

Le garde-vente mit l'œil à la lucarne et dit :

« Ne vous dérangez pas, c'est M. X*** qui traverse la coupe. Il n'entre plus dans la baraque depuis les dernières élections... C'est blanc comme la neige que vous voyez... En voilà un qui n'aime pas la République, qui ne peut pas en entendre parler, et qui dit toujours que les révolutions ont mis le peuple dans la peine et qu'au temps des anciens rois nos affaires allaient mieux...

— Ah! s'il me disait cela, à moi, comme je lui riverais son clou! interrompit M. Mathieu.

— Oui, vous, monsieur Mathieu, vu que vous en savez long là-dessus, et que vous connaissez l'histoire aussi bien que ceux qui l'ont faite; mais que voulez-vous que nous répondions, nous autres pauvres diables, qui ne savons que tout juste ce qu'il faut pour mener nos petites affaires? Tenez, monsieur Mathieu, sans vous commander, touchez-nous donc deux mots du temps passé, de nos anciens, des nobles, de ceux qui ne l'étaient pas, de tout le tremblement. Ça fait qu'à l'occasion, quand on nous marchera sur le pied, nous ne serons plus en peine de nous revirer.

— Je ne demande pas mieux, mon garçon; mais il y aurait là-dessus de quoi causer pendant deux jours et sans reprendre son souffle.

— Ça ne fait rien, reprit le garde-vente; dites-nous aujourd'hui tout ce que vous pourrez... Un autre jour, vous nous conterez le reste... nous sommes gens de revue.

Tenez, par exemple, si c'était un effet de votre bonté, vous reviendriez casser une croûte ici dimanche prochain... Vous nous feriez plaisir, tout en nous rendant service.

— C'est bel et bon, reprit M. Mathieu d'un air embarrassé ; mais je veux être pendu si je sais par où commencer.

— Allez tout d'même, monsieur Mathieu ; si ça vous est égal, je vous demanderai, — histoire d'emmancher la conversation, — si c'est bien vrai que dans l'ancien temps, quand on ne savait ni lire ni écrire, quand les seigneurs et les moines avaient presque toutes les propriétés, si c'est bien vrai que les citoyens comme nous autres avaient moins de casse-tête qu'au jour d'aujourd'hui ; si c'est bien vrai encore qu'ils n'étaient pas trop mal logés, pas trop mal habillés, pas trop mal nourris, et qu'ils faisaient presque tous de vieux os. On nous assure que d'aucuns voudraient nous ramener à ce temps-là ; c'est pour cela qu'il est bon de connaître la chose. Vous savez, monsieur Mathieu, que rien ne ressemble à un fagot de chêne comme un fagot de tremble quand il fait nuit, et que nous n'achetons pas volontiers chat en poche. »

M. Mathieu toussa deux fois et se gratta la tête.

Au même moment, les trois bûcherons, le sabotier et le garde-vente firent demi-tour sur leurs bancs, appuyèrent le coude sur la table et prêtèrent l'oreille :

« Je ne vous parlerai pas du temps des Gaulois, mes amis. Ce sont les anciens de nos anciens, ceux-là ; je ne vous parlerai pas non plus des Romains, qui, un beau jour, sont venus s'installer chez eux pour n'en plus sortir, comme nous avons fait nous autres en Algérie, mais pas pour le même motif. Je ne vous parlerai pas davantage des Francs, nos anciens encore, ceux qui nous ont donné leur nom, et qui sont venus chez nous parce qu'ils ne se trouvaient pas bien chez eux, qui s'y sont établis d'autorité, pas sans peine bien entendu, et qui ont fini par avoir le dessus un peu partout. Non, je ne vous en parlerai pas, c'est trop vieux; et puis, M. de Montalembert n'a pas l'intention de nous faire reculer jusque là.

— Faites excuse, monsieur Mathieu, si je vous coupe la parole, qu'est-ce qu'il veut ce monsieur de tout-à-l'heure? interrompit un des bûcherons.

— Il veut que nos enfants n'apprennent que le catéchisme, rien que cela; que les maîtres d'école républicains soient renvoyés de nos communes, que les frères ignorantins les remplacent autant que possible. Il veut que ceux de nous autres paysans qui ont quelques sous de côté, quelques moyens, ne poussent point leurs garçons à devenir sa-vants, attendu que le savoir les gâte, leur donne des prétentions, que le diable, après cela, ne les ramènerait plus à la charrue, et que les trois quarts de ces garçons s'avisent de raisonner, de vouloir une chose, d'en vouloir une autre, et d'aider ceux des villes à faire des révolutions. Voilà ce que veut M. de Montalembert, sans compter le reste. C'est pourquoi M. Crémieux, un citoyen qui n'est ni rouge, ni blanc, mais qui n'a point sa langue dans sa poche, lui a répondu que ce n'était pas bien de vouloir ces choses-là, qu'il causait comme on causait il y a cinq cents ans, et que si on l'écoutait, on nous ramènerait tous tant que nous sommes à ce qui se faisait en l'année 1400, en l'année 1500, en l'année 1600 et tant. En sa qualité de comte, M. de Montalembert y trouverait son profit, c'est sûr.

— Oui, mais nous autres, nous n'y trouverions point le nôtre, n'est-ce pas, monsieur Mathieu? demanda le bûcheron.

— Non, pas tout-à-fait. Nous retomberions dans la position où se trouvaient nos pères à ces époques-là ; et rien que d'y songer, ça donne le tremblement.

— Faut croire alors qu'ils n'étaient guère à leur aise, remarqua le bûcheron.

— Vous allez tous en juger, reprit M. Mathieu. Ce que je vais vous conter, c'est de l'histoire, il n'y a pas à dire non, et de

la vraie, et de l'histoire qu'ils n'accuse-
ront pas les républicains d'avoir faite, puis-
qu'on n'en connaissait pas dans ce temps-là.
Je commencerai donc par le commence-
ment.

Je vous dirai d'abord qu'il y a quatre cents
et des années, il n'y avait pas grand monde
en France, et que dans nos pays de plaine
les villages n'étaient pas nombreux, vu qu'il
ne faisait pas bon les habiter. On se battait
journellement tantôt contre les Anglais, qui
nous ont donné du fil à retordre pendant
des centaines d'années, tantôt prince contre
roi, roi contre prince, province contre province, tantôt seigneur contre seigneur, tantôt
contre des pillards n'ayant ni patrie ni gîte,
ni professions ni ressources, allant par bandes nombreuses et mettant à contribution
les villes et surtout les campagnes. On n'était
jamais sûr d'être tranquille six mois de suite;
on était obligé pour vivre un peu en paix de
se rapprocher des châteaux-forts, de se loger autour, de se loger au-dessous; et comme les châteaux-forts se trouvaient d'ordinaire sur des montagnes, sur des collines,
sur des buttes, les paysans laissaient en fri-
che les bonnes terres du pays plat et allaient

presque tous en montagne se mettre sous l'aile des seigneurs.

Aussi, nos villages les plus anciens occupent les hauteurs. On n'en construisit dans la plaine que plus tard, lorsqu'on n'eut plus tant à craindre les ravages de la guerre civile. Et ils appellent cela le bon vieux temps ! Les maisons que vous voyez encore au pied des vieilles tours, des châteaux en ruine, maisons petites et basses, presque toutes bâties sur le même modèle, sombres en dehors, sombres en dedans, tantôt couvertes en pierres plates, tantôt en genêts ou en paille, peuvent vous donner une idée juste de celles d'autrefois. Il n'y a pas eu de changement qui vaille la peine d'être indiqué. Dans les plaines, à défaut de pierres à bâtir et par économie, les cultivateurs pauvres et même aisés construisaient la plupart du temps leurs habitations avec du bois et de la terre glaise et les couvraient soit avec du gluis, soit avec des roseaux, soit avec des genêts. Beaucoup, de notre temps, rappellent ces constructions du quinzième et du seizième siècle, avec leurs toits pourris, chargés de mousses et de ces artichauts sauvages que les savants appellent de la joubarbe. Il y avait

encore à cette époque des habitations bien
autrement misérables; c'étaient des terriers,
des *escrennes*, comme on disait en ce temps-
là. Les pauvres gens se creusaient un logis
dans la terre, un trou de six ou sept pieds de
profondeur, qu'ils recouvraient de fumier
et de terre. En hiver, il ne faisait pas froid là
dedans; aussi les filles, les femmes s'y réunissaient d'ordinaire pour les veillées. Il y
avait de ces escrennes du côté de Dijon et
dans la Champagne, il y en a encore dans le
Nord. Moi qui vous parle, j'en ai vu aux
portes de Valenciennes. C'est dans ces trous
à renards, dans ces niches à blaireaux, que
la municipalité loge ses indigents. En fait de
bâtiments, sous l'ancienne royauté, sous les
seigneurs, il n'y avait de beau que les châteaux, les églises, les cures et les abbayes, qui
n'épargnaient ni les voûtes, ni les contre-forts
en belle pierre.

Ce ne fut guère que vers 1500 et tant que
l'on se mit à défricher les plaines, que les
paysans firent quelques bonnes affaires, que
beaucoup d'entre eux se rachetèrent de la
servitude, moyennant de l'argent ou des redevances en blé et vin, qu'ils devinrent hommes libres et purent construire de grandes et

belles fermes. Mais c'était le bien petit nombre.

— Dites donc, monsieur Mathieu, interrompit le garde-vente, on a beau crier; le peuple, sous la République, n'est pas aussi à plaindre qu'il l'était dans ce temps-là.

— Ça ne se compare pas, mon garçon. Alors, on menait les gens comme des chiens; on ne les payait pas toujours à la fin de la semaine, et quand ils avaient l'air de se fâcher, d'aucuns parmi les seigneurs leur faisaient donner la bastonnade. D'autres ne les payaient guère, les nourrissaient mal, mais les flattaient par calcul. Ils se disaient: Par ces temps de guerre civile, un coup de main de la part des paysans n'est pas toujours à dédaigner.

— Dites donc, monsieur Mathieu, reprit le garde-vente, nos chemins ne sont pas tous bons à l'heure qu'il est; mais dans ce temps-là ce devait être bien autre chose!

— Ne m'en parle pas; c'était la grêle dans les pays de plaine, comme c'était encore chez nous il y a une trentaine d'années et même moins. La terre n'était pas rare; elle n'était pas chère et l'on n'y regardait pas de trop près pour donner de la largeur aux chemins. Depuis lors, la terre a augmenté de prix, et les propriétaires les ont entamés avec la charrue. Il faut que je vous dise à présent comment on s'y prenait pour faire un chemin neuf. C'était ou au moyen des corvées, ou au moyen des salaires. Quand c'était par corvée, des huissiers en robe procédaient par réquisitions dans nos villages, un peu à la manière des Autrichiens, des Cosaques et des Prussiens en 1814 et 1815. Ces huissiers réunissaient les paysans au nom du roi, quand il s'agissait d'un chemin royal; au nom du maire pour un chemin allant d'une ville à une autre; au nom du seigneur pour un chemin de châtellenie, et une fois réunis, ils les faisaient marcher par troupes et les mettaient en œuvre. Lorsque ces malheureux avaient ainsi travaillé trois jours par semaine pour leurs maîtres, on les payait, comme on dit chez nous, en monnaie de singe. Heureusement, ce n'était pas partout comme cela. Souvent on payait les ouvriers, et pour cela on prenait l'argent sur la consommation du vin, sur les gabelles, sur les tailles, sur les péages. De même qu'il y a aujourd'hui, dans les grandes villes, des ponts où il faut payer pour passer soit à pied, soit en voiture, il y avait à cette époque-là des chemins qui n'appartenaient pas à tout le monde du pays. Le seigneur faisait mettre une barrière mobile en travers, ou tout simplement une barre de bois. Quand un voiturier venait à passer par là, le péager le mettait à contribution. S'il ne voulait pas se soumettre au droit de péage, le péager n'ouvrait point la barrière, n'enlevait point la barre de bois.

— Ce n'était tout d'même pas amusant de vivre sous le régime des seigneurs, dit le sabotier.

— Aussi, répliqua M. Mathieu, il y avait un proverbe qui disait : Grand chemin, grande rivière, grand seigneur sont trois mauvais voisins, car ils emportent toujours quelque chose des héritages.

— Et les paysans de ce temps-là étaient-ils habillés comme nous autres ?

— Oh ! que nenni ; ça faisait pitié de les voir. Il leur était défendu de porter des habits noirs et des manteaux, ce qui contrariait fort les gros fermiers. Dans certaines localités, dans la Touraine, si j'ai bonne souvenance, les domestiques ne pouvaient porter un habillement bleu, vert ou rouge, non plus que des chapeaux gris. Ailleurs, les nobles n'étaient pas si durs au pauvre monde. Ainsi, du côté de Bordeaux, les grandes dames qui n'avaient pas trop mauvais cœur mettaient de côté les vieilles étoffes de laine pour en habiller les manœuvres. En général, les paysans étaient si mal couverts, si déguenillés, qu'un seigneur qui se nommait Michel Montaigne a dit, dans un gros livre, qu'il y avait plus de différence entre ses habits et ceux des villageois de son endroit, qu'entre un homme nu et les vêtements de ces mêmes villageois, ce qui signifie qu'ils étaient tout déguenillés, tout couverts de pièces et de morceaux, tout chargés de loques. Les cultivateurs et manouvriers un peu à leur aise portaient le dimanche des pantalons de droguet ou de tiretaine, des souquenilles que nous appelons aujourd'hui des blouses, et des bonnets de laine plus souvent que des chapeaux. Ceux qui étaient riches et qui avaient de l'orgueil portaient à la ville ou aux offices de la paroisse l'habit et les chausses de couleur bise, des brodequins ferrés qui leur allaient aux mollets, et un chapeau bas à larges ailes, à peu près le même qui était de mode au temps du roi Louis XI. Seulement, dans ce temps-là, c'était l'habitude de mettre sur le chapeau une Notre-Dame de plomb et de s'agenouiller devant elle tous les matins en se levant, tous les soirs en se couchant. Dans le midi de la France, les bergers avaient un costume à eux, qui se composait d'une cape blanche, d'un capuche et d'une ceinture de peau à laquelle était pendu un cornet. En Bretagne, les paysans n'étaient pas si fiers qu'ailleurs et ne s'en trouvaient pas plus mal, au contraire. Ils s'habillaient de peaux de bêtes, qui duraient, duraient à n'en pas voir la fin. Aussi, on se moquait des Bretons, on se demandait, en manière de plaisanterie, pourquoi ils ne marchaient pas à quatre pattes. Les guenilles n'avaient point raison, m'est avis, contre les peaux de bêtes.

Quant aux femmes de paysans, leur toilette ne faisait pas non plus plaisir à voir. Presque partout, elles portaient le cotillon court, le tablier de toile montant, le petit fichu rayé et une coiffure qui changeait de formes selon les pays. Ce ne serait pas une mince affaire que l'histoire des coiffes villageoises. Ajoutez à cela que ces pauvres femmes ne portaient de bas qu'en hiver et le dimanche à messe et à vêpres, et que la plupart du temps, elles marchaient pieds nus dans la boue et dans la poussière, si bien que la peau de dessous devenait dure comme de la corne. Au jour d'aujourd'hui, cela se voit encore dans bien des pays, mais ce n'est plus comme autrefois. Voilà pour le costume des plus pauvres. Pour les autres, il y avait un peu de recherche. Si dans l'Alsace, par exemple, une femme était obligée de passer sa vie entière avec une seule robe, dans la Nièvre, ce n'était pas la même chose vers l'année seize cents et tant. Là, les paysannes aisées portaient des robes blanches, rayées de bleu ou de rouge, des robes qui prenaient bien la

taille, un fichu froncé qui couvrait les épau-
les, des bas, des sabots garnis de pelisses
fixées par un nœud de rubans et une cornette
avec de la jolie dentelle. En Auvergne, les
paysannes riches étaient encore plus coquet-
tes dans leur mise. Elles avaient la cape à
bandes de velours et un petit chapeau de feu-
tre sur la tête, à la manière des Mâconnaises.

— Eh bien ! voyez-vous, monsieur Mathieu, interrompit le garde-vente, ce bon
vieux temps des royalistes ne valait pas cher.
Ils disent que c'est le savoir qui perd les hommes, qui leur donne de l'ambition, qui en-
raie les gouvernements et amène la misère
sur le pays. A cette époque-là pourtant, le
savoir ne devait guère les gêner.

— Certainement non, reprit M. Mathieu ;
les nobles au XIVe, au XVe siècle, étaient
ignorants comme des ânes, et il n'y avait pas
épais de gens sachant lire et signer leur nom ;
de façon que chez les notaires, au bas des
actes, le laboureur essayait de faire avec la
plume soit une croix, soit une image de charrue, le maréchal-ferrant quelque chose qui
ressemblât à un fer à cheval, le charron
une espèce de roue, le serrurier une clé.

— Misère et compagnie ! murmura le sabotier, qui ne quittait pas de l'œil les lèvres de M. Mathieu.

— C'est le cas de le dire.

— Ce n'est pas tout, monsieur Mathieu, reprit le garde-vente; maintenant que nous savons comment nos anciens étaient logés et habillés, y aurait-il de l'indiscrétion à vous demander comment ils étaient nourris, s'ils mangeaient à leur faim, à peu près comme les trois quarts de nous autres....

— Citoyen, un moment, interrompit le sabotier, il n'y a pas de raison pour que M. Mathieu cause une éternité sans boire un coup... tiens, passe le verre à M. Mathieu... à votre santé, monsieur Mathieu, que le bon Dieu vous conserve !

— Merci, mon garçon.

— Ça redonne des forces, n'est-ce pas, monsieur Mathieu, ça réchauffe, un verre de vin.... et dire qu'ils ont rétabli l'impôt là-dessus ! enfin n'importe ! quand on se cassera la tête contre les murs, ça ne mènerait à rien... Revenons aux anciens... mangeaient-ils au moins du pain pas trop noir ?

— Ah ! mon garçon, qu'est-ce que tu dis là ? Nos chiens de ferme sont mieux nourris qu'ils ne l'étaient; rien que d'y songer, ça fait compassion. Au XVe siècle, comme qui dirait en quatorze cents, on a vu dans la Touraine de pauvres diables de cultivateurs, n'ayant que du mauvais pain à manger, labourer leurs terres pendant la nuit pour dépister les usuriers et empêcher la saisie de leurs bêtes de labour ; et quand ces bêtes venaient à être vendues, on a vu ces pauvres diables se mettre tous ensemble et s'atteler pour faire la besogne, comme si c'eût été possible. Dans la Lorraine, le Forez et l'Auvergne, les paysans logeaient avec leurs bêtes et se nourrissaient toute l'année avec de la pâte de sarrazin, du laitage et de la chèvre salée de temps en temps. Dans le Bordelais, dans le Béarn, on ne mangeait que du pain de millet. Dans les Cévennes, les gens à leur aise ne mangeaient du pain que le dimanche et les autres jours de fête ; à part cela, on n'y connaissait que les châtaignes. Dans certains cantons de la Basse-Normandie et de la Bretagne, la misère était si grande que les paysans se nourrissaient de pain d'avoine. Olivier de Serres, un noble qui, dans son temps, a écrit un bon livre sur l'agriculture, disait que les orges étaient d'un grand secours pour les pauvres gens, quoique donnant une grossière nour-

riture . En Dauphiné, où l'on cultivait beaucoup de fèves au XVIe siècle, on donnait les
graines vertes aux mendiants et on retour-
nait les fanes comme engrais . Dans le Péri-
gord et le Limousin, vers la même époque,
les paysans ne vivaient que de gros légumes;
le pain était pour eux un régal qu'ils ne se
donnaient pas souvent. Au dix-septième siècle, sous Henri IV, sous Louis XIII, sous
Louis XIV, il y avait beaucoup de villageois
qui, en mourant, ne laissaient pas de quoi
payer le drap mortuaire. Pour ceux-là, on
ne sonnait pas la cloche de la paroisse, attendu que le glas coûtait dix sous, le *libera*
deux sous, et la recommandation du mort au
prône un sou. Toujours au XVIIe siècle, il y
avait des provinces entières où les paysans
ne connaissaient que le pain de seigle, comme, par exemple, la Champagne, l'Anjou, la
Sologne, la Bresse, le Lyonnais. Du pain
noir, de la bouillie de sarrazin et un peu de
lard fumé formaient la nourriture du Breton
à cette époque.

—Et c'est ce temps-là que les royalistes
regrettent si fort? demanda le garde-vente.

— Tout juste, répondit M. Mathieu. Patience, je ne suis pas au bout du rouleau.

2.

3

Ah ! je suis long à me mettre en train, mais quand j'y suis, j'y suis. Je vous ai raconté la manière de vivre de nos paysans, mais je ne vous ai pas encore touché un mot des disettes, des famines, de la peste. C'est par là que je veux finir.

Commençons, si vous le voulez bien, par la famine de 1482. Elle a fait du bruit, celle-là. L'Auvergne et la Bourgogne en souffrirent principalement. Les pauvres criaient la faim et couraient sur les maisons des riches ; ceux qui avaient de quoi manger se barricadaient chez eux. Dans les champs, au bord des chemins, on rencontrait de distance en distance des malheureux qui mouraient sans recevoir de secours de personne ; on se trouvait heureux dans nos villages quand on pouvait manger du pain de son.

En 1632, ce n'est pas si loin de nous, ce fut bien pis encore en Lorraine. Les paysans furent obligés de manger leurs bœufs, leurs vaches, leurs chevaux de labour ; après cela ils se jetèrent dans les bois, tuèrent les hommes, les femmes, les enfants, et vécurent de chair humaine.

En 1709, sous le grand roi, comme disent les blancs, l'hiver fut rude et suivi de famine.

Les paysans eurent fort à souffrir, et la plupart vécurent de la chair de leurs animaux de travail, de racines, d'herbe, d'orties cuites, de pain de betteraves, qu'on a depuis appelées des *disettes*.

Et avec tout cela, mes amis, on avait la peste par-dessus le marché, la peste qui ne nous quittait point. Et ce n'était pas beau de voir porter à l'hôpital sur des brancards, où

il y avait de la paille, des malheureux qui souvent trépassaient en route. Dans ces moments-là, les paysans souffraient plus encore que les bourgeois, que les artisans. Les soins leur manquaient; on fermait les portes des villes pour les empêcher d'y entrer; on leur défendait même de sortir de leurs maisons. Tenez, sans aller chercher midi à qua-

torze heures, cela s'est vu dans notre Bourgogne, à deux lieues d'ici, pas plus loin, en
1553, 1569, 1573, 1576, 1581 ; la peur était
partout, les médecins ne trouvaient personne
pour les aider à panser les malades ; —
quand je dis personne, je me trompe ; avec
de l'argent, on trouvait quelques malheureux
dévorés par la faim. Après tout, valait mieux
mourir de la peste que de l'autre maladie,
c'était plus vite fait, ça faisait crier moins
longtemps. On appelait ces malheureux-là
des *maulgognets* ou *maugonés*, ce qui voulait
dire et signifie encore à l'heure que voici des
hommes mal couverts, des hommes tout dé-
chirés, tout déguenillés.

— Maintenant, s'écria M. Mathieu en ter-
minant, trouvez-vous que nos anciens étaient
plus heureux que nous autres, qu'ils étaient
mieux logés, mieux couverts, mieux nourris
et en somme plus à leur aise?

— Nenni, ma foi, répondirent tous ensemble le garde-vente, les trois bûcherons et le
sabotier, nenni, ma foi.

— Alors, c'est entendu, vous ne voulez pas
retourner avec M. de Montalembert et son
catéchisme au XVe siècle, au XVIe et au
XVIIe ?

— C'est entendu, monsieur Mathieu, nous ne ferons jamais route avec ce monsieur-là, répondit le garde-vente.

— C'est tout pour aujourd'hui? demanda le sabotier.

— Oui, mon garçon, une autre fois, je vous parlerai des droits du seigneur. »

Et en disant cela, M. Mathieu se leva et prit son verre. Les autres firent de même; on trinqua, puis on but à la santé de la République.

II

LE DIMANCHE D'APRÈS CHEZ M. MATHIEU.

Ce jour-là, la neige était fondue, mais il
gelait toujours à pierre fendre. Bien qu'il eût
été convenu avec le garde-vente que M. Mathieu irait de nouveau casser une croûte dans
la forêt, le vieux paysan ne quitta point le
logis. En voici les raisons : premièrement, il
s'était fait une règle de ne jamais sortir en
temps de verglas, et la terre faisait miroir le
dimanche en question ; secondement, lors-

qu'il avait promis de partager le déjeûner
chez le garde-vente de la forêt, il ne songeait
point qu'il avait à tuer un cochon en semaine
et qu'il fallait nécessairement en manger
l'âme chez lui.

Et, en effet, il est d'usage, toutes les fois
que l'on tue un cochon dans nos villages, de
donner un dîner de famille et d'amis. M. Mathieu, l'homme par excellence des bonnes
coutumes, ne pouvait rompre avec celle-là.
Cependant un obstacle se présentait : ses pa-
rents et ses anciens camarades étaient en
froid avec lui depuis les dernières élections ;
ils n'en disaient pas de bien ; au contraire,
ils le traitaient de *partageux* ; ils faisaient
courir de mauvais bruits sur son compte.
M. Mathieu trouvait que c'était mal, il en
éprouvait du chagrin par moment, mais il
n'avait pas de rancune et, s'il n'eût craint un
refus, il les aurait invités comme les années
précédentes à manger l'âme du cochon. Il ne
voulut pas courir les chances, car il était fort
susceptible. Il ne voulut pas non plus, ce
jour-là, manger seul dans son coin, et il in-
vita le garde-vente, les trois bûcherons et le
sabotier que vous connaissez déjà.

Ils arrivèrent de bonne heure. Mme Mathieu

n'était pas encore de retour de la messe ;
M. Mathieu fils était allé payer les impôts à
la maison commune, attendu que c'était le
jour de tournée du percepteur. M. Mathieu
père gardait seul la maison.

On attendit, on but pour prendre patience
et on causa de choses et d'autres.

Laissons-les boire et causer, si vous le voulez bien, et pendant ce temps-là disons deux
mots de la maison de M. Mathieu.

Ce n'était point une ferme, ce n'était pas
davantage une maison bourgeoise ; il y avait
un peu de l'une et un peu de l'autre. Tout
juste assez grande pour loger trois ou quatre
personnes, elle n'avait qu'un étage, puis venait le grenier avec les petites provisions dessus. Deux fenêtres à barreaux de fer et à volets
verts ouvraient sur une cour entourée de pa-
lissades, avec mur d'appui, cour à toutes fins,
pour les gens, les bêtes, la volaille, la meule
de paille et le fumier d'étable. Deux vieilles
treilles de chasselas s'étendaient sur la façade
et montaient jusqu'aux gouttières. Le pignon
qui donnait sur la grande rue du village était
d'un mauvais effet, à cause des pots à moi-
neaux qui le garnissaient. Derrière l'habitation
se trouvaient un assez joli jardin à bordures

de buis, un vieux rucher et une serve qui faisait les délices de M. Mathieu dans la belle saison. Aussitôt que le soleil commençait à descendre sur la montagne ou que le vent soufflait du midi, il allait admirer ses grosses carpes et ses brochets, et faire connaissance avec eux en leur donnant des miettes de pain. — Il n'y jetait le filet que dans les grandes occasions, comme par exemple lorsqu'il s'agissait de fêter l'anniversaire de la prise de la Bastille et de la révolution de Juillet. On peut préparer une matelote aussi bien que M. Mathieu, mais mieux que lui, c'est défendu.

Passons maintenant à l'intérieur de la maison. L'ameublement de la première pièce n'était pas luxueux, il se composait tout simplement de deux lits à quatre colonnes, d'une grande horloge à boîte de noyer, d'un buffet et d'une longue table bien frottée, bien luisante. Joignez à cela l'image et la complainte de *Crédit est mort, les mauvais payeurs l'ont tué*, l'image du *Cœur de Marie*, le portrait d'un évêque martyr, patron de la paroisse, le portrait de Ledru-Rollin, une vieille branche de buis béni derrière la porte d'entrée, un miroir à cadre rouge pendu à la fenêtre, un fusil à la cheminée, un quartier de lard accroché à un clou de la poutre, des écheveaux de fil écru à une perche, et vous aurez un tableau parfait de la pièce où se trouvait M. Mathieu, avec le garde-vente, les bûcherons et le sabotier.

Ils n'avaient l'air de s'ennuyer ni les uns ni les autres, lorsque Mme Mathieu, de retour depuis une heure au moins, les pria de passer de l'autre côté dans la chambre à cérémonies, celle où il y avait du papier peint aux murs, des lits à rideaux rouges, une commode à dessus de marbre, l'armoire de mariage et de belles chaises en paille fine.

Nos convives passèrent; une table bien servie les attendait, et certes ils étaient hommes à lui faire honneur. Midi sonnait quand ils entrèrent, minuit sonnait quand ils sortirent; heureusement il faisait clair de lune et il n'y avait point de rivière à passer pour gagner la forêt.

Il va sans dire que nous ne nous proposons point de donner ici, heure par heure, l'emploi du temps; mais vous saurez que les citoyens de la forêt n'étaient pas venus là uniquement pour manger l'âme du cochon. M. Mathieu leur avait promis un peu d'histoire de l'ancien régime, et, comme bien vous pensez, il fallut tenir parole. Au moment où la nuit tombait, le garde-vente, qui avait bonne mémoire, se mit à dire :

« Voyons, monsieur Mathieu, chose promise, chose due ; causez-nous donc un peu des droits des seigneurs.

— C'est long, mes amis.

— C'est égal, monsieur Mathieu, nous ne sommes pas pressés... d'ailleurs la lune donne, et une fois n'est pas coutume.

— Mais il y en a une kyrielle à ne pas finir.

— Dites toujours, fit le sabotier.

— Eh bien! mes amis, en fait de droits seigneuriaux, il y avait à ma connaissance le cens, le droit de confiscation, le droit du trésor, de chasse, de pêche, les corvées, les dîmes, le droit de champart, les péages, la banalité des fours et des moulins, le droit de banvin, d'aubaine, d'affouage, d'épaves, de bris, de tonlieu, de travers, de rouage, de forage, de maréchaussée, de past, de cornage, de pâturage, de poussière, de monnaie, de prélibation, de mariage, les péages de Provence, et toutes sortes de redevances plus curieuses les unes que les autres.

— Qu'est-ce que c'est que tous ces noms-là? demanda l'un des bûcherons.

— Patience! répondit M. Mathieu, je vais les reprendre l'un après l'autre et vous expliquer la chose.

Le cens était un impôt foncier que l'on payait au seigneur tantôt en argent, tantôt en grains ou en volailles.

Quand, pour certains crimes, un seigneur haut justicier faisait condamner un homme, les biens de cet homme lui appartenaient. C'était le droit de confiscation.

— Et la femme et les enfants du condamné? interrompit le garde-vente.

— On leur laissait les yeux pour pleurer, » répondit M. Mathieu.

Puis il continua :

« Quand on trouvait un trésor sur les terres de ce même seigneur, la moitié lui en revenait de droit.

En ce qui concerne le droit de chasse, c'était bien une autre paire de manches, comme nous disons, nous autres; c'était un amusement de noble, une distraction de grand seigneur. Les paysans n'avaient rien à y voir; on ne leur permettait pas même de se servir d'une arme à feu pour protéger leurs

récoltes contre les sangliers, les chevreuils et
les daims; on les autorisait seulement à leur
faire peur en criant fort ou en frappant leurs
sabots l'un contre l'autre. Pour un délit de
chasse, on les eût envoyés aux galères.

Pour la pêche, on ne plaisantait pas plus
que pour la chasse; je vous dirai d'abord
que les grandes rivières appartenaient au roi,
les petites aux seigneurs haut-justiciers, et les
ruisseaux seulement aux propriétaires rive-
rains. Il n'y avait que les riches, que les
gros du temps qui affermassent le droit de
pêche aux seigneurs, et encore leur défen-
dait-on de pêcher les fêtes et dimanches,
avant le lever et après le coucher du soleil,
sous peine d'une forte amende. Au XVIIe siècle, en 1600 et tant, il en coûtait 16 francs
d'amende et un mois de prison lorsque l'on
était pris pour la première fois à pêcher en
temps de frai; il en coûtait le double pour
la seconde fois, et pour la troisième il y allait ou du carcan, ou du fouet, ou du ban-
nissement. Ce n'est pas tout, mes amis, les
pêcheurs autorisés étaient tenus de rejeter à
l'eau les truites, carpes et barbeaux, lorsqu'ils avaient moins de six pouces de long
entre l'œil et la queue, et les tanches et les

perches lorsqu'elles en avaient moins de cinq, à peine de 100 livres d'amende.

Un paysan comme nous autres, un vilain, comme on disait alors, qui aurait été pris à pêcher sans permission des goujons, des épinoches, des écrevisses, des poissons de rien dans un ruisseau ou même dans un fossé, n'en aurait pas été quitte avec la justice du seigneur à moins de 50 livres d'amende. Mais pas pris, pas pendu, et il y a gros à parier que les paysans ne se faisaient pas faute de toucher de temps en temps au fruit défendu.

Un des droits seigneuriaux qui faisaient le plus crier, c'était sans contredit la corvée. En vertu de ce droit, un seigneur pouvait dire aux paysans de ses domaines : — Vous allez, vous autres, faucher mes prés, couper mes blés, labourer mes champs, mettre en façon mes vignes, curer les fossés de mon château et réparer mes chemins. Vous êtes corvéables à merci, et comme tels chacun de vous me doit douze jours de travail par année; je peux en exiger trois dans le même mois, pourvu que ce ne soit pas dans la même semaine. Allons, procurez-vous les outils, c'est votre affaire aussi bien que la nourriture, ces détails-là ne me regardent pas.

—Dites donc, M. Mathieu, s'écria le sabotier, qui n'y tenait plus, savez-vous bien que c'était à se manger les poings, en ce temps-là ?

—Ce n'est pas tout, reprit M. Mathieu ; nous ne sommes pas au bout du rouleau, mon garçon. Et les dîmes donc ! les grosses dîmes, les menues et vertes dîmes, et les novales. Il est vrai que ce n'était point au profit du seigneur, que c'était pour le curé, mais les deux faisaient la paire, et donner à Pierre ou donner à Jean, après tout c'est toujours donner. Lever la dîme signifiait prendre un dixième. Les grosses dîmes se percevaient sur le blé, l'avoine, le vin ; les menues dîmes sur les menus grains, sur les pois, les haricots, les fèves, les lentilles, le sainfoin, la luzerne, le chanvre, etc., les veaux, les cochons, les agneaux, la laine, les oisons, les poulets, etc. Les novales se prélevaient sur des héritages défrichés depuis quarante ans.

—Dites donc, M. Mathieu, interrompit de nouveau le sabotier, vous conviendrez avec moi que les curés de ce temps-là n'étaient pas gras de lécher les murs. Oh ! je com-

prends à présent que les trois quarts de ceux
d'aujourd'hui soient de l'avis de M. Montalembert, dont vous nous avez touché deux
mots dimanche passé.

—Après la dîme, continua M. Mathieu,
on prélevait dans certains pays ce qu'on
appelait le droit de champart. C'était pour
le seigneur, celui-là. Quand le curé avait
pris la dixième gerbe ou le dixième panier
de fruits, le seigneur venait à son tour prendre le dixième, le onzième ou le douzième de
ce qui restait.

—Bien obligé! fit le garde-vente, et la
part du cultivateur?

—Nous en verrons bien d'autres, reprit
M. Mathieu. Il y a quelques cents ans, mes
amis, il fallait payer à certains seigneurs le
droit de passer sur des chemins à eux, des
chaussées à eux, des ponts à eux. Il fallait
aussi dans beaucoup d'endroits moudre à
leur moulin et cuire à leur four. C'est ce
qu'on appelait le droit de banalité. Il était
défendu aux meuniers libres de *chasser* le
grain pour leur moulin sur les terres où
existait le droit de banalité. Les seigneurs ne
s'en tenaient pas là, il y a trois ou quatre siè-
cles. Ils avaient établi aussi le droit de ban-

vin, c'est-à-dire le droit d'ouvrir cabaret après vendange et de faire vendre leur vin au pot, seuls dans leurs villages, et trois semaines avant les vignerons. La libre concurrence ne leur convenait point.

Quand un étranger mourait sur les terres d'un seigneur, la succession lui revenait. C'était là le droit d'aubaine.

Chaque feu payait tribut au seigneur : c'était le droit d'affouage.

Un objet mobilier ou immobilier restait-il abandonné sans maître reconnu, et pendant quarante jours au plus, sur les terres d'un seigneur, cet objet devenait sa propriété. C'était le droit d'épave.

Le droit de bris et de naufrage n'était pas un des moindres priviléges de la féodalité. Il était de bon rapport, à ce qu'on dit, et des anciens content à ce propos-là de vilaines histoires. Des seigneurs qui avaient intérêt à ce que des bâtiments fissent naufrage, attendu que les débris étaient pour eux, allumaient des fanaux trompeurs sur les côtes et attiraient ainsi les pilotes sur des écueils.

Bestiaux ou denrées sur un champ de foire étaient assujettis à un droit que l'on nommait droit de toulieu. Au XVe siècle, les vicomtes

de Troyes faisaient payer pour chaque char-
retée d'aulx ou d'oignons quatre deniers sur
un marché ordinaire et huit deniers sur un
champ de foire.

Le bourreau même se nourrissait et se
chauffait aux frais des paysans. Chaque marchand de blé lui devait une chopine de
graines par semaine, chaque marchande
d'œufs un sur dix, chaque marchand de bois
une buche par voiture, en hiver seulement.

A la même époque, nos aïeux ne pouvaient
transporter leurs denrées sans payer au seigneur sur les terres duquel ils passaient ce
qu'on appelait le droit de *travers*.

Les voituriers payaient le droit de rouage
pour indemniser les seigneurs des dégâts
causés aux chemins par les roues de leurs
voitures.

Les débitants payaient un droit de forage
pour vendre leurs vins en détail.

Dans quelques localités, le seigneur prenait chez ses vassaux et le foin et l'avoine
nécessaires à ses chevaux. C'était le droit de
maréchaussée.

Ailleurs, le seigneur avait le droit d'aller
une ou plusieurs fois dans l'année, seul ou

avec un certain nombre de compagnons, prendre un repas chez son vassal. C'était le droit de past.

Ailleurs encore, le seigneur prélevait le droit de cornage sur chaque mouton, le droit de pâturage sur chaque bête qui vivait sur ses terres ; le droit de poussière sur les troupeaux qui traversaient ses domaines.

D'aucuns avaient le droit de monnayage pour les espèces brunes ou de cuivre.

D'aucuns, jusqu'au XVIe siècle même, avaient sur les épousées certain droit que vous devinez tous. C'était le droit de prélibation, de marquette, de cuissage.

Dans le duché de Bourgogne, les ducs avaient le droit de marier les filles des roturiers, marchands et laboureurs.

— Cré coquin ! murmura le sabotier, que le pauvre monde était donc bête dans ce temps-là !

— Ce n'est pas fini, reprit M. Mathieu. Je veux vous toucher deux mots des péages de Provence. Dans ce pays-là, quand des comédiens, des danseurs, des faiseurs de tours, des chanteurs arrivaient sur les terres d'un seigneur, il n'y avait pas à dire mon bel ami ; il fallait qu'ils s'arrêtassent devant la porte du château et donnassent un petit spectacle de leur façon à la châtelaine de l'endroit. Quand, sur ces mêmes terres, venait à passer une voiture conduisant des voleurs, il était dû au seigneur une corde de six deniers. Un Maure, comme qui dirait un étranger arrivant de l'Espagne ou de l'Algérie, et passant par là, était obligé de jeter son turban en l'air et de payer cinq sous. Un juif était tenu de dire un *Pater* après avoir mis ses chausses sur sa tête. Un homme à cheval devait une demi-veille d'armes au seigneur. Un marchand de marée devait un poisson au choix du seigneur. Une fille perdue était à la disposition du valet de chiens qu'ils appelaient un page à cette époque-là. Un conducteur d'animaux, d'ours ou de singes, était obligé de les faire danser au son du flageolet.

— Ah! ça, monsieur Mathieu, fit le garde-vente, qui riait à se tordre, ainsi que les quatre autres; vous nous en contez de belles avec votre air sérieux.

— C'est drôle, c'est bête, tout ce que tu voudras, mais, foi de Mathieu, c'est la pure vérité. Vous avez beau secouer la tête, tous tant que vous êtes, ce que je vous dis là, c'est de l'histoire, et ce que je vais vous dire encore pour le bouquet c'est toujours de l'histoire.

Dans certaines localités, les paysans devaient une fois par an, en sus des corvées et autres redevances, courir en présence du seigneur, lui donner une aubade, chanter une chanson à sa dame, imiter la marche des ivrognes, danser une bourrée.

Autre part, ils étaient tenus, à certains jours, de venir baiser la serrure, le cliquet ou le verrou de la porte du château. L'abbesse de Remiremont avait un vassal qui devait lui apporter tous les ans, le jour de la saint Jean (24 juin), un plat de neige. S'il n'avait pu en conserver, tant pis pour lui, il devait au lieu et place un taureau blanc.

Dans plusieurs paroisses, le sergent du seigneur avait le droit d'assister à toutes les noces avec deux chiens courants et un levrier, de s'asseoir à table en face de la mariée et de chanter une chanson après le dîner. Les mariés étaient tenus de donner à manger et à boire aux chiens. Quelques seigneurs bourguignons et franc-comtois poussèrent le mépris pour les paysans jusqu'à exiger que les chiens en question eussent *leurs couverts* mis auprès de la mariée et qu'on les laissât manger sur la table.

L'abbé de Luxeuil, le seigneur de Laxou, près Nancy, et d'autres avec, forçaient les paysans de battre l'eau des étangs et des fossés de leurs châteaux pour empêcher les grenouilles de faire du bruit.

Le seigneur de Montluçon, enfin, exigeait une rétribution de chaque femme qui battait son mari.

Voilà, mes amis, tout ce que je sais des droits seigneuriaux.

— Et c'est là ce que les royalistes voudraient nous rendre! Bien obligé!

— Je ne dis pas précisément cela; je dis seulement qu'ils en prennent la route. Avec l'instruction, pas de monarchie possible; ils enlèvent donc l'instruction. Avec les ignorantins tout est possible; ils ramènent donc les ignorantins. Les royalistes ne font de bonnes affaires qu'avec les populations d'imbéciles; une fois qu'elles ouvrent les yeux, c'est fini, bonsoir la compagnie.

— Et on les ouvre un peu partout, allez, monsieur Mathieu, fit observer le garde-vente.

— Aussi, j'espère bien que M. de Montalembert n'arrivera pas à ses fins.

— Et nous autres aussi, monsieur Mathieu, nous l'espérons bien, ajoutèrent le garde-vente, les bûcherons et le sabotier.

— Maintenant, mes amis, buvons un petit coup à la santé de la République.

— A la santé de la République!

— Et à dimanche prochain, si ça ne vous ennuie pas.

— C'est entendu, monsieur Mathieu. »

III

LE CIVET ET LES GRIVES.

En hiver, on n'est pas pressé chez nous autres, et c'est à qui se donnera un peu de bon temps. Or, pas de bon temps sans bonne table. Dans nos campagnes, toute fête n'est point complète sans son lendemain, et toute fête commence par un dîner. Vous saurez donc qu'il avait été convenu la veille, chez M. Mathieu, que dans la matinée du lendemain on irait dans la baraque du gardevente faire les honneurs à un lièvre et à une douzaine de grives de gui qui, depuis plusieurs jours, étaient au crochet.

Personne ne manqua au rendez-vous, et M. Mathieu n'arriva pas le dernier. — Il est bon de vous faire remarquer qu'il n'y avait plus de verglas.

« Dites donc, monsieur Mathieu, commença le sabotier, sous l'ancien régime, les citoyens comme nous autres ne se seraient point risqués à manger un civet, à la barbe de tout le monde ?

—Non, mon garçon, répondit M. Mathieu, car dans ce temps-là la chasse étant un plaisir de seigneur, les vilains de notre espèce n'avaient pas le droit de toucher à un fusil. Aujourd'hui, avec 25 francs ou même avec rien, quand on a le jarret bon et l'œil vif, on peut encore brûler des amorces et user du plomb, mais, à l'époque des anciens, on n'eût point plaisanté sur ce chapitre.

—Et dire, reprit le sabotier, que les blancs sont toujours à nous vanter cette époque-là ! D'après eux, les gros n'étaient pas durs aux petits ; on avait de la religion, on n'était pas si méchant qu'à présent, on se passait une infinité de choses les uns aux autres, on avait les mœurs douces...

—Douces !... interrompit vivement M. Mathieu, mais il faut qu'ils aient le diable au

corps pour conter de pareils mensonges...
Tenez, hier, pas plus loin, je vous parlais
des droits des seigneurs... est-ce qu'ils étaient
doux, ceux-là ?

— Nenni, ma foi.

— Que diriez-vous donc si je vous parlais
aujourd'hui de leurs différentes manières de
faire souffrir le monde, tantôt pour une
chose, tantôt pour une autre? C'est là-dessus, mes amis, que l'on juge des mœurs
d'une époque. Plus les peines sont rudes,
moins les hommes valent, plus les supplices
sont raffinés, plus les hommes sont barbares.
Eh bien ! sous l'ancien régime, on n'y allait
pas de main morte.

Aujourd'hui, la justice laisse beaucoup à
désirer, mais dans ce temps-là c'était bien
une autre affaire. Il y avait d'abord la justice
du roi et ensuite celle des seigneurs et des
prêtres. Cette justice seigneuriale était ou
haute ou moyenne ou basse, c'est-à-dire
que le petit seigneur n'avait pas les mêmes
droits que le grand. Celui-ci avait pouvoir
de faire pendre un homme sur ses domaines,
celui-là n'allait pas aussi loin. Et puis les
lois n'étaient pas les mêmes dans une province que dans une autre, les coutumes

changeaient comme le patois, et en justice
civile les procès ne finissaient pas.

Quant au criminel, on allait vite en besogne à cette époque-là ; la vie d'un homme
du peuple n'était pas estimée cher.

Au XVIᵉ siècle, dans certaines localités,
quand un journalier, un moissonneur, un
faucheur refusait de travailler, on l'empri-
sonnait et on saisissait son bien.

Un homme bien portant était-il surpris
à glaner dans un champ, on l'empoignait et
il était battu de verges.

La même peine était réservée au charre-
tier qui ne tenait pas son cheval par la bride,
dans les endroits fréquentés.

Pour un soc de charrue volé, on coupait
une oreille à un homme, de façon qu'avec la
meilleure volonté du monde il lui devenait
impossible de rentrer dans la société des
honnêtes gens. Il était marqué pour la vie; sa
peine ne finissait pas.

L'ignorance comme la peur rend les
hommes cruels envers leurs semblables. Or,
au temps dont nous parlons, l'ignorance était
générale ; aussi, voyez le luxe des supplices,
c'est à faire frémir.

Il y a quelques centaines d'années, on

brûlait les juifs, on brulait les protestants,
on brûlait les sorciers ; aujourd'hui que l'i-
gnorance s'en va, les évêques, les pasteurs
protestants, les rabbins se donnent quelque-
fois la main et se demandent réciproquement
des nouvelles de leur santé. Quant aux sorciers, il y a bel et bien des gens qui n'y
croient plus et qui n'ont pas tort.

Il y a quelques centaines d'années, un
faux monnayeur était jeté dans une grande
chaudière d'eau bouillante, où on le laissait
cuire jusqu'à ce que les muscles se déta-
chassent des os.

A la même époque, les régicides, c'est-
à-dire ceux qui tuaient ou qui essayaient
de tuer les rois, étaient conduits dans un
tombereau sur une grande place. Une fois là,
on leur enlevait des morceaux de chair avec
des tenailles, on leur arrachait les ongles,
puis on coulait du plomb fondu sur les bles-
sures ; après cela, on amenait quatre chevaux : deux étaient attelés aux jambes du
condamné, deux aux bras, et on l'écartelait.
Une fois écartelé, on ramassait les morceaux,
on les portait sur un bûcher et on mettait le
feu aux fagots. Quant aux cendres, on ne
manquait pas de les jeter au vent.

Les nobles jouissaient d'un privilége. On
ne les exécutait pas de la même manière
que les petites gens; on leur coupait le cou
sur un billot avec une hache; c'est là ce qu'on
appelait la peine de la décapitation.

Les anciens pratiquaient aussi le sup-
plice de la roue. Voici en quoi il consistait :
on attachait les parricides, les assassins, les
voleurs de grands chemins sur un échafaud;
là on leur cassait les membres les uns après
les autres, au moyen d'une barre de fer, et
on les laissait expirer dans cet état sur une
roue couchée à plat et sous les yeux du public.

La potence était réservée aux voleurs
domestiques; on les pendait, et tout était dit.

Quant aux cadavres des suppliciés, on
les accrochait aux fourches patibulaires. On
désignait sous ce nom des piliers en pierre
surmontés de traverses en bois munies de
crochets. Il y avait des fourches à six, à
quatre, à trois ou à deux piliers, selon l'im-
portance des fiefs. Les simples châtelains
n'avaient que trois piliers à leurs fourches;
les barons en avaient quatre. Par exception,
les prévôté et vicomté de Paris en avaient
seize. Dans la plupart des communes de
France, et toujours au bord des chemins, s'é-

levaient de semblables instruments de sup-
plice. On en voyait beaucoup encore au moment de la révolution ; les seigneurs y tenaient par orgueil ; c'étaient des espèces d'ar-
moiries, cela voulait dire : Sur ce domaine
il y a un maître, un homme qui a des droits
que les paysans n'ont pas, qui a une potence
à lui, qui peut dans certains cas les y faire
pendre.

— A propos, M. Mathieu, interrompit le
garde-vente, pourquoi ne dites-vous rien de
la torture, de la question, comme on l'appelait encore ?

— Mon garçon, je vous réservais cela pour
la fin. Ce n'est pas le plus beau de l'affaire.
Quand un homme était accusé d'un grand
crime, on le mettait à la question pour le

lui faire avouer. Il y avait la petite et la grande question, l'ordinaire et l'extraordinaire ; il y avait la question au moyen de l'eau et la question au moyen du feu. A Paris, par exemple, on attachait l'accusé à un tréteau, on lui étendait les membres dessus à l'aide de poulies, on lui mettait un entonnoir dans la bouche et on lui faisait avaler bon gré mal gré six pots d'eau d'une pinte chacun. S'il n'avouait pas le crime dont on l'accusait, on l'attachait au grand tréteau, on lui étendait les membres à les faire craquer et on lui entonnait six autres pots. Alors, il était rare qu'il n'avouât pas. Ailleurs, dans certaines provinces, on appliquait à l'accusé des chaussures en parchemin et on lui chauffait les pieds. Le parchemin se retirait et causait d'insupportables douleurs au malheureux soumis à la torture. Pendant ce temps-là, la justice lui adressait question sur question jusqu'à ce qu'il eût avoué.

—Et cependant, demanda le sabotier, lorsqu'un homme était innocent.....

—N'importe, il s'avouait coupable le plus souvent. Cela s'est vu bien des fois. Je n'oublierai jamais l'histoire que mon père me racontait dans mon jeune temps, continua

M. Mathieu. Un jour, une femme du village disparaît. Une semaine se passe; on ne sait ce qu'elle est devenue ; un mois s'écoule, toujours pas de nouvelles. Alors, on accuse le mari de cette femme de l'avoir assassinée. Le malheureux homme se défend de son mieux. On l'accuse de plus belle; la justice le fait arrêter et on lui applique la torture. Il nie d'abord, il pleure, il jure ses grands dieux; la torture ne s'arrête pas. Il nie toujours; la torture redouble ; le pauvre paysan n'y tient plus, le cœur lui manque, il avoue le crime et fournit toutes sortes de détails. —Au bout de quelque temps, la femme revient. Elle avait été enlevée par le fils du seigneur de l'endroit, puis abandonnée. — Et le mari ? — Le mari était mort sur la roue. » Il y eut un frémissement d'indignation parmi les convives. —Ah ! c'est là le bonheur dont on jouissait sous la vieille monarchie! ah ! c'est comme cela qu'on entendait la justice? s'écria le sabotier.

—Précisément, répondit M. Mathieu.

—Eh bien ! tenez, M. Mathieu, buvons un coup là-dessus pour nous réchauffer.... Ça me donne la chair de poule, rien que d'y songer. Fallait tout d'même que nos anciens

fussent terriblement bêtes pour se laisser arranger de cette façon-là... aujourd'hui, on se
fâcherait à moins chez nous autres, c'est sûr.

—Mes amis, reprit M. Mathieu, avec l'i-
gnorance on manie les hommes comme l'on
veut. Les royalistes le savent bien, et c'est
pour cela qu'ils combattent avec tant d'a-
charnement ceux qui cherchent à éclairer le
peuple; c'est pour cela qu'ils veulent rem-
placer nos meilleurs instituteurs par des frères ignorantins. C'est l'ignorance qui a donné aux royalistes la majorité dans l'Assem-
blée, c'est l'instruction qui la leur ôtera en
1852. D'ici là, instruisez-vous, lisez les bons
journaux, lisez les bonnes brochures. Je vous
en glisserai de temps en temps dans la main.
S'il arrivait à des gens suspects de vous ques-
tionner, de faire les renards pour savoir d'où
vous les tenez, vous leur répondriez que ça ne
les regarde pas. S'ils avaient l'air après cela
de faire les méchants, de chercher de mauvai-
ses raisons, vous leur ririez au nez tout simplement. Il n'y a pas de loi qui le défende.

—C'est entendu, M. Mathieu. — Maintenant, mes amis, que Dieu vous conserve !

—Et vous pareillement, M. Mathieu, et la
République avec. »

IV

LA RECONDUITE.

« Monsieur Mathieu, dit le sabotier, nous allons vous faire un pas de conduite jusque de l'autre côté du bois.

— Vous êtes bien honnêtes, mes amis ; ne vous dérangez pas.

— Comment ! monsieur Mathieu, mais ça ne nous dérangera pas. Nous avons du plaisir à être avec vous, à vous entendre causer… C'est presque un crève-cœur de vous quitter, et sans flatterie, voyez-vous, monsieur Mathieu.

— Vous êtes bien honnêtes, » répéta le vieillard.

Tous sortirent, et le garde-vente mit la clé de la baraque dans sa poche.

« Quand j'y songe, murmura le sabotier, en se croisant les bras et en secouant la tête, quand j'y songe, je n'en reviens pas.

— A quoi? demanda le garde-vente.

— Mais à ces gueuseries de l'ancien temps ! s'écria le sabotier.

— Ah ! si l'on racontait tout, si ceux qui savent Dieu et le diable voulaient se donner la peine de tout dire, ce serait une bien autre affaire, reprit M. Mathieu.

— Moi, je ne sors pas de là, continua le sabotier, et sauf le respect que je vous dois, monsieur Mathieu, je soutiens que les gens de cette époque-là étaient bêtes à manger de l'herbe.

— Assurément, il n'y en avait pas beaucoup dans chaque paroisse qui sussent lire et écrire. On comptait sur ses doigts, on calculait de mémoire, on faisait des marques contre le mur, contre la porte, contre la cheminée, avec du rouge, avec du noir, avec n'importe quoi.

— On peut ne pas savoir lire et écrire et

n'être pas bête pour autant. Tenez, monsieur Mathieu, vous connaissez le grand Louis; vous savez qu'il n'est pas capable de signer son nom, et pourtant ça n'empêche pas qu'il vendrait le maître d'école dans un sac, et avec le maître d'école pas mal d'individus qui ont appris le grec et le latin dans les villes. Il y a quelque chose qui ne s'apprend pas, qui ne s'achète pas à l'école : c'est le gros bon sens. Ça ne coûte rien; c'est le bon Dieu qui le donne. Avec cela, on tient le bon bout; sans cela, bon soir la compagnie. N'est-ce pas, monsieur Mathieu?

— Sans doute, mon garçon; le bon sens, c'est comme qui dirait la bonne terre à fondation; mais je ne vois pas pourquoi on ne bâtirait point dessus. Le bon sens et l'instruction sont deux camarades qui ne peuvent guère se passer l'un de l'autre. Dans l'ancien temps, on avait sans aucun doute du bon sens comme au jour d'aujourd'hui; seulement, on ne savait pas s'en servir : l'instruction manquait. Il y a une infinité de choses que l'on ne s'expliquait pas alors, et que l'on s'explique à présent. C'est l'ignorance qui a fait la force de la royauté; c'est l'instruction qui l'a tuée. Tant que l'on a cru qu'un roi n'était pas un homme comme un autre, on a tendu le dos, on s'est laissé tondre. Mais le jour où l'on a remarqué qu'il était de chair et d'os comme nous autres; qu'il venait tout nu dans ce monde et s'en allait dans l'autre sans rien emporter, toujours comme nous autres; le jour où Lamonnoye, par exemple, a découvert que le duc de Bourgogne était obligé de remuer le menton en mangeant de la même manière que le plus petit des vignerons de la province, le compte des monarques, des princes, des seigneurs était réglé, définitivement réglé. Dans l'ancien temps, le cas avait été prévu, et c'est pour cela que l'on avait raconté au peuple toutes sortes de fables, de miracles, de mensonges, tendant à lui faire supposer qu'il existait deux espèces d'hommes, les uns choisis par le bon Dieu pour commander, les autres mis sur la terre pour obéir. Et pour qu'il n'en doutât point, on parlait à ce peuple de la sainte ampoule et du pouvoir qu'avaient les rois de guérir les écrouelles, rien qu'en les touchant.

— Qu'appelez-vous la sainte ampoule? interrompit le sabotier.

— C'est une petite fiole qui contient de

4.

l'huile et qui servait pour le sacre. Elle est encore dans l'église de Reims, non pas l'ancienne, mais une neuve qui date de Charles X, et ne sert plus à rien, maintenant que l'on ne sacre plus personne. On disait que l'ancienne fiole avait été apportée par une

colombe, que cette colombe était bien certainement le Saint-Esprit déguisé; qu'il était envoyé du ciel par son Père; qu'il ne se serait pas dérangé pour des petites gens comme nous autres, et que du moment où il apportait de l'huile pour oindre le front des monarques, c'est que ces monarques n'avaient pas le sang pareil au nôtre.

— Et l'on croyait à cela? demanda le garde-vente.

— Comment! si l'on y croyait! mais c'est bien sûr, et à l'heure qu'il est, il y en a encore plus d'un qui soutiendrait la chose.

— Pas chez nous autres, allez, monsieur Mathieu.

— Non, mais ailleurs.

— C'était donc à cause de cela qu'ils se disaient rois par la grâce de Dieu? demanda le sabotier.

— Précisément, mon garçon, précisément. Ce n'était pas mal imaginé. Le bon Dieu passant pour être le protecteur, l'ami de la royauté, le monde la vénérait fort et ne songeait point à porter la main dessus. Aux yeux du peuple, toucher à un roi, c'eût été toucher à Dieu lui-même, lui manquer de respect; or, ceci donnait à réfléchir. L'huile de la sainte ampoule servait naturellement de paratonnerre contre les révolutions. On ne se bornait pas à affirmer que les rois tenaient leur autorité de la volonté divine, on cherchait encore à le prouver en leur attribuant une puissance surhumaine, celle par exemple dont nous parlions tout à l'heure, et qui consistait à faire miracle sur des malades, à guérir les écrouelles rien qu'en posant le doigt dessus.

— Ah! le drôle de monde que le monde de ce temps-là! s'écria le sabotier.

— C'était comme cela, aussi vrai que je

vous le dis, continua M. Mathieu. Tenez, les choses se passaient de la manière que voici :

Le surlendemain du sacre, pas plus tôt, et après la messe, on amenait dans l'église des centaines de malades ou prétendus malades. Le roi, placé devant l'autel, touchait le mal de la main droite et se lavait ensuite dans un vase plein d'eau. Cette eau devenait précieuse, bien entendu ; aussi les malades la mettaient en fiole, et en portaient sur eux pendant les neuf jours de jeûne qui suivaient la cérémonie.

— Avec cela, guérissaient-ils ? demanda le sabotier.

— C'est une autre histoire, répondit M. Mathieu. Ceux qui ont la foi robuste disent oui ; ceux qui ne l'ont pas disent non. C'est donc à vérifier. Un écrivain du XVe siècle rapporte que Charles VIII toucha les écrouelles à Rome et les guérit, ce qui, bien entendu, fit merveille en Italie ; mais comme il y a des centaines d'années de cela, on serait fort en peine de trouver des témoins du fait. C'est le roi Robert, à ce qu'on dit, qui le premier toucha les écrouelles, et ce fut, à ce qu'on dit encore, saint Marcou qui lui donna le secret de les guérir.

— C'est vieux comme les rues, fit remarquer le garde-vente.

— C'est ce qui en fait le mérite, répondit M. Mathieu.

— Et l'on a cru à toutes ces choses-là jusqu'à la révolution de 89? demanda le sabotier.

— Le peuple, les gens comme nous autres, oui ; mais les gros, les gens instruits, non. Ils en riaient! à la cour même on plaisantait là-dessus, et les ennemis de Richelieu disaient « que le cardinal n'avait laissé à Louis XIII que le pouvoir de toucher les écrouelles » ; ce qui, dans leur pensée, signifiait qu'il ne lui avait laissé aucun pouvoir. Néanmoins, Louis XIV, qui s'estimait de bonne foi l'égal du bon Dieu, et qui se comparait modestement au soleil, voulut faire des siennes à Reims et guérir les écrouelles. On lui amena près de deux mille malades sur la grande place.

— Quelle sottise! murmura le garde-vente.

— Non point, répondit M. Mathieu. Quand on veut être au-dessus de tout le monde, quand on veut commander à des millions d'hommes et être obéi sur un signe, c'est que l'on s'estime d'une autre pâte que celle du commun des mortels; c'est que l'on se croit supérieur à eux et un peu parent de la divinité. Or, il ne suffit pas de croire; il faut aussi que le public croie. Il faut par conséquent le tromper de cette manière-ci ou de cette manière-là, c'est-à-dire lui faire voir le tour avec des miracles. Les rois ont bien senti que c'était une nécessité de leur position. Ils ont donc fait dire au peuple qu'ils étaient d'une race particulière, que Dieu leur avait donné le droit de commander, qu'ils tenaient de lui une puissance surhumaine. Et la preuve, c'est qu'une colombe était descendue du ciel pour leur apporter l'huile sainte du sacre, et qu'ils faisaient miracle sur certains malades. Le pauvre monde, qui était fort crédule en ce temps-là, n'en doutait pas; les seigneurs et les prêtres, qui en doutaient beaucoup, se gardaient bien de le dire, attendu qu'ils avaient besoin de s'appuyer les uns sur les autres. Le roi étant un être supérieur, les amis du roi ne pouvaient passer pour des êtres ordinaires. Dis-moi qui tu hantes, je te dirai qui tu es. Tu hantes un homme qui est bien vu de la Divinité et qui accomplit des prodiges, donc il y a gros à parier que tu n'es pas mal vu de la même divinité, et que tu pourrais bien, toi aussi, accomplir des petits miracles. Du moment où le roi réussissait à se faire adorer, les seigneurs et les prêtres, qui l'approchaient, qui le fréquentaient, devaient nécessairement inspirer un profond respect ; mais une fois le roi démonétisé, une fois sa puissance surhumaine contestée, le pouvoir des autres s'en allait en même temps. Eh bien ! mes amis, les choses abominables dont je vous ai entretenus, continua M. Mathieu, se passaient à une époque où l'on ajoutait foi à la puissance surhumaine des monarques. Si l'on souffrait sans trop se plaindre, c'est qu'on leur croyait le droit de faire souffrir.

— Il y en a d'aucuns, n'est-ce pas, monsieur Mathieu, qui voudraient bien que l'on crût encore à ce droit-là ? interrompit le garde-vente.

— Bien certainement, répondit M. Mathieu.

— Oui, reprit le sabotier ; mais ce qui est passé est passé : quand un homme a soixante ans, il ne retourne pas à quinze. La société, qui est au XIXe siècle, ne retournera pas au XVe.

— C'est aussi mon avis, répliqua M. Mathieu.

— Sur ce, monsieur Mathieu, firent le garde-vente, le sabotier et les bûcherons, nous allons vous souhaiter le bonsoir.

— Bonsoir, mes amis, et vive la République ! vive la bonne ! »

Tous répondirent par le cri de : Vive la République ! qui alla se perdre dans les profondeurs de la forêt.

Paris. — E. De Soye, imprimeur, 36, rue de Seine.